Call My Name

コール　マイネーム

大丈夫、そばにいるよ

葉 祥明

あなたは
目を見張るような
美しい世界があるのを知っていますか？

そこには美しい花が咲き乱れ
見るものすべてが心満たされる
素晴らしい情景が広がっています

Do you know
about a breathtakingly beautiful land?

It is full of beautiful flowers,
and the wonderful sight
will fill your heart with joy

Let me take you
to this beautiful, serene world,
where your heart will be purified

さあ、これからあなたを
心洗われる浄《きよ》らかな世界へ
ご案内しましょう

その国は
金色に輝く
夕日が沈む
西の空の
彼方にあります

よくよく目をこらして
見てごらんなさい
ほら、美しい国へ続く
一筋の道が見えるでしょう?

It is in the west, beyond the golden setting sun

Look Well
Can you see a single road leading to the beautiful land?

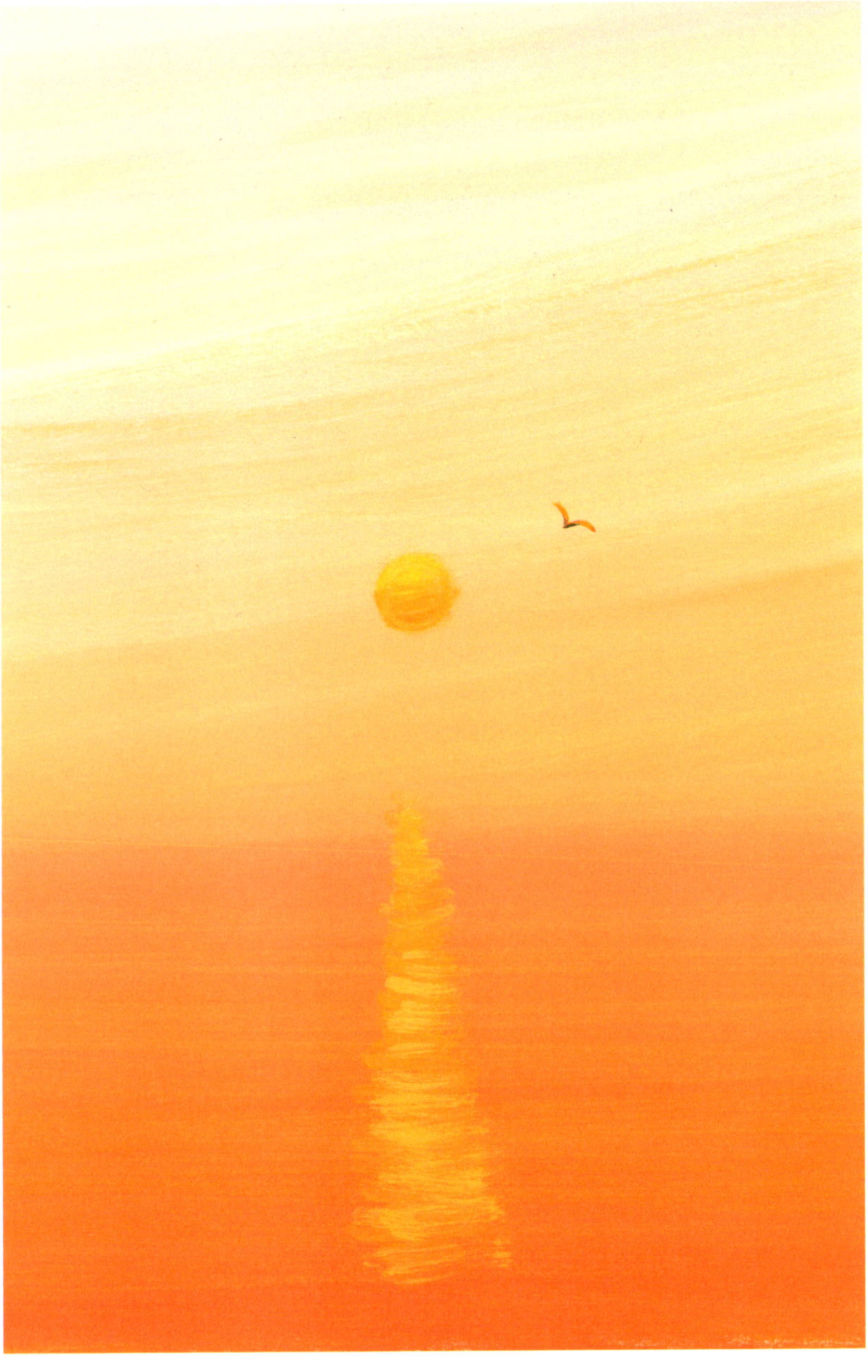

そこは、見るもの聞くものすべてが
穏やかな気持ちにさせるもので
満たされています

It is full of sights and sounds
that will make you feel at peace

甘く香る空気
色鮮やかな花
耳に心地良い
美しい小鳥たちの囀《さえず》り……
気掛かりなことなど
すっかり忘れてしまう浄らかな世界……

あなたは信じますか？
そんな世界があると

Sweet air,
colorful flowers,
and songs of the birds
gentle to your ears
A pure land that
lets you forget all the worries

Do you believe it?
That such a place can exist?

病は苦しい
老いは辛い
生きていくことは耐え忍ぶことで
この世に悲しみは絶えない

しかし、幸いなことに
あなたは
苦しみのない
美しい国の存在を知りました

さあ、ごらんなさい

Illness is a pain
Aging is a sorrow
To live is to endure,
and sadness will never perish out of this world

But fortunately,
you have learned about
the painless beautiful land

Now look

ほら、美しい情景が広がっています
この世ならぬ美しい国！

Sweet air,
colorful flowers,
and songs of the birds
gentle to your ears
A pure land that
lets you forget all the worries

Do you believe it?
That such a place can exist?

この世は、誰にとっても
生きるのが大変な世界です
辛く悲しいできごと
耐えがたい苦しみに満ちています

でも、美しい世界を思いえがくことで
この世の苦しみに耐え
希望を抱くことができるようになるのです

The mundane world is tough
for everybody to live
It is filled with sadness, pain,
and all sorts of difficulties

But think of that beautiful world,
and you can stand the difficulties
and have hope in your heart

病は苦しい
老いは辛い
生きていくことは耐え忍ぶことで
この世に悲しみは絶えない

しかし、幸いなことに
あなたは
苦しみのない
美しい国の存在を知りました

さあ、ごらんなさい

See, a beautiful sight spreads before you
An unbelievably beautiful land!

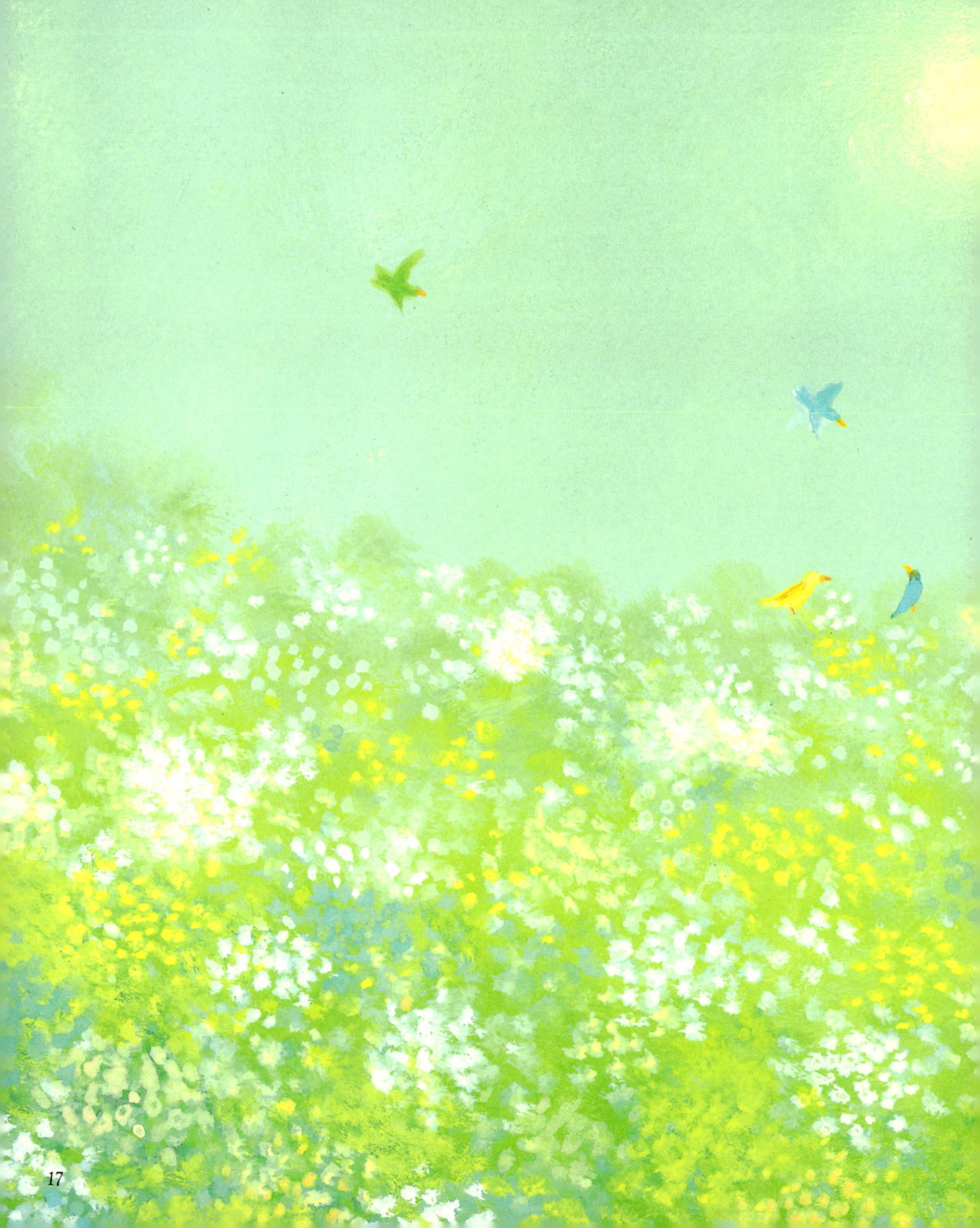

その国には
怒りも憎しみも
恨みも悲しみも
ありません

そこでは
あなたはいつも
心安らかでいられます

この世では、いかにあなたが
至らぬものであったとしても
その国では、浄らかな存在として
生きていくことができます

In that land,
there is no anger or hatred,
no resentment or sorrow

You will forever
be at peace

However imperfect,
you are in this mundane world,
In that land you may live
as a beautiful existence

人は皆、この世における巡礼者
あなたに起こること
あなたが経験することは
すべて、あなた自身の
修行のためです

それがいかに耐えがたくても
必ず乗り越え
この人生をまっとうする術《すべ》があります

All people are pilgrims in this mundane world
What happens to you, what you experience, are all for the sake of your learning

However hard it is, you have a means of overcoming it and accomplishing your life

どんなことがあっても
どんなときでも
目をとじ、手を合わせ
ナムアミダブツ、ナムアミダブツ
となえてごらんなさい
ほら、心が安らいでくるのを感じませんか？

Whatever happens,
whenever it is, close your eyes, clasp your hands

And say,
Namu amida butsu Namu amida butsu

Can you feel your heart filled up with peace?

この世の人生で
死別ほど
悲しく辛いものは
ありません

そんなときこそ
一人静かにとなえてごらんなさい

あなたの最愛の人は
憂き世を離れ
今はその美しい国で
安らいでいます

Nothing in this world is so painful or sad
as losing your loved one

At such a time say it quietly to yourself

That your loved one has left this sorrowful world,
and is now at peace in that beautiful land

この世での別れの悲しみは、
つかの間のもの

その美しい国で、いずれ
再び会うことができるのです

だから、あなたはあなたの
この世での人生を
安心してまっとうしてください

The sadness of parting in this world won't be for long

You will meet again in that beautiful land

So don't worry
You can carry out your own life here in this world

人は
この世を去るときになって
ようやく
生きるということの
意味を真剣に考えます

しかし
人は生きている間に
たびたび死を想う必要があります

そうすることで
真に生きることができるようになるのです

People only start thinking about life when the time to leave is near

But one should think of death in the midst of your life
for it helps you to be truly alive

悲しみの淵から抜け出せないときには
私を想い
私を呼んでください

あなたが
苦しんでいるとき
あなたが
悩んでいるとき

いつもあなたのそばに
私がいることを
おぼえておいてください

When you cannot escape from your sorrow, think of me and call my name

In your pain, in your anguish

always remember that I am here with you

苦しいときは
私を想ってください

肉体の苦しみ
心の苦しみ

いかなる苦しみであれ
苦しみの中にあるときは
いつでも
私のことを想ってください

苦しいときは
私の名を呼んでください
私は決してあなたを
一人で放ってはおきません

Think of me through your suffering

Whether your suffering be of body or of soul,

Whatever causes the suffering,
all who suffer should always think of me

When you suffer call my name

I will never leave you absolutely all alone

心配することは
ありません

あなたはいつも
見護られています
安心してください

どんなことがあっても
大丈夫、大丈夫！

Don't worry

You'll always be looked after
Be at ease

Whatever happens, you'll be all right

すべては
変わります

変わらないものなど
この世にはありません

変わらないでいて欲しいものだって
変わるのです
だから、変化には抗《あらが》わず、
受け入れてください

それが心を
平安に保つこつです

Everything changes

Nothing stays the same

Everything you want to hold on to will change too
So don't resist changes
Just take it in

That is the key to the peace of heart

青い空を見てごらん
白い雲を見てごらん
ほら、こんなにも美しく
自由で軽やかなものはありません

Look at the blue sky
Look at the white clouds
See how beautiful they really are

花を見てごらん
小鳥を見てごらん

花はただただ美しく咲き
小鳥は楽しそうに囀《さえず》っている

悲しみも苦しみも
不安も恐れもなく

あなたもまた
そのように生きていいのです

Look at the flowers
Look at the birds

They bloom beautifully
and they sing merrily

Look at the moon
Look at the ocean

They are free from every sorrow, pain,
worry, and fear

And you
may live in the same way

そして、その美しい国の輝きは
いつでも、この世に向けられています

だからこそ
この世もまた美しいのです

そしてあなたも！

And the light of the beautiful land
shines upon our mortal lives

That is why this world is so beautiful

And so are you!

Do you know about this beautiful land?

あなたは、その美しい国を知っていますか？

あとがきにかえて

多くの人が日常のさまざまな場面でストレスを感じ、抱え、閉塞感や孤立感にさいなまれていると言われる現代。そうした方の心に、少しでもやすらぎや希望を届けることが出来たら——。私たちのそんな思いを、葉先生がかなえてくださいました。2009年秋のことです。

本書は仏教の経典『阿弥陀経』をモチーフとしています。極楽浄土の仏、阿弥陀仏の名をとなえれば誰もが救われるとの教えです。経典に示される極楽世界をイメージした、葉先生のあたたかくたおやかな絵、そして疲れた心をそっと包み込んでくれるようなやさしい詩が、多くの方々を魅了しました。

初版刊行から10年。長らく品切れの状態となっていましたが、購入を望むたくさんの声をうけ、今般、葉先生とみらいパブリッシングさまのご尽力により復刊が実現しました。ふたたび本書が、ひとりでも多くの方のもとへ届き、心に潤いと生きる力を取り戻していただけることを念じてやみません。

2019年5月　浄土宗

葉 祥明（よう　しょうめい）

本名、葉山祥明。絵本作家・画家・詩人。1946年、熊本市生まれ。絵本『ぼくのべんちにしろいとり』でデビュー。郵政省ふみの日記念切手にメインキャラクターの“JAKE”が採用されるなど、画家としての評価も高い。近年では、人間の心を含めた地球上のさまざまな問題をテーマに創作活動を続けている。北鎌倉と阿蘇に美術館がある。

※本書の底本である『コール マイネーム』は2009年に角川学芸出版から刊行されました

Call My Name

コール　マイネーム　大丈夫《だいじょうぶ》、そばにいるよ

2019年5月30日　初版第1刷

著者：葉 祥明
監修：浄土宗
発行人：松崎義行
発行：みらいパブリッシング
〒166-0003 東京都杉並区高円寺南 4-26-5 YSビル 3F
TEL : 03-5913-8611　FAX : 03-5913-8011
http://miraipub.jp　E-mail : info@miraipub.jp
企画協力：三浦義則＋Jディスカヴァー
編集協力：浄土宗
翻訳：宮本まり
発売：星雲社
〒112-0005 東京都文京区水道 1-3-30
TEL : 03-3868-3275　FAX : 03-3868-6588
DTP：株式会社サンエムカラー　神木利夫　木村 浩
印刷・製本：株式会社上野印刷所

ISBN978-4-434-26030-8 C0015